小斑痣

Xiao Ban Zhi

林知可 著

华南理工大学出版社
SOUTH CHINA UNIVERSITY OF TECHNOLOGY PRESS
·广州·

图书在版编目（CIP）数据

小斑痣／林知可著．—广州：华南理工大学出版社，2018.2

ISBN 978-7-5623-5538-0

Ⅰ．①小…　Ⅱ．①林…　Ⅲ．①诗集－中国－当代　Ⅳ．①I227

中国版本图书馆 CIP 数据核字（2018）第 016214 号

小斑痣

林知可　著

出 版 人：卢家明

出版发行：华南理工大学出版社

（广州五山华南理工大学 17 号楼，邮编 510640）

http://www.scutpress.com.cn　E-mail: scutc13@scut. edu. cn

营销部电话：020-87113487　87111048（传真）

策划编辑：范亚玲

责任编辑：朱彩翩

印 刷 者：广州市穗彩印务有限公司

开　　本：850 mm × 1168 mm　1/32　**印张：**6.375　**字数：**80 千

版　　次：2018 年 2 月第 1 版　2018 年 2 月第 1 次印刷

定　　价：39.80 元

《渡口》

远听一声欸乃！
云和水相随。
我只在群山之中，
听风吹起我的念想。
我在等你归，
你等潮水。
你驾小舟，
我成了你的渡口。

林知可

（作者手迹）

自　序

谈起写诗，似乎觉得没什么可谈，却又觉得一切皆可以谈；似乎觉得写诗源自一种信念，却又觉得写诗是另一种自我救赎的方式。有何因缘，我开始写诗？而又有何故事，我不断写诗？

我开始喜欢写诗，并不是因为某个诗人，或某部诗歌作品，而是读了沈从文的《湘行散记》。正是沈从文先生的这部散文集在年少的我的心中种下了文学创作的种子，影响了我的文学写作风格，也可以说为我指明了文学创作的方向：应当努力追求真善美。而后我喜欢上了戴望舒、徐志摩等诗人的诗，都是建立在这个方向上。有时候我感到很庆幸，我喜欢的作家都在努力书写美好的事物，受其影响，我的愿望也变得更美丽、纯粹。

写作水平的提高是一个漫长的过程，也是一个心性日臻成熟的过程，就像一辆横贯大陆东西的列车，不同的地方有不同的风景。而我始终认为，作为一名好的作者，就要不断开拓自己的眼界，跟从内心最真实的感觉，然而这是困难的。因为人都爱追求一些看似极其美丽却虚无的事物，哪怕因此变得虚妄。对于一个作者而言，他的心越真诚，笔下的文字也就越动人。

写作因应了生命的需要，因应了铸一个缱绻的梦的需要。“一间旧屋／几经风霜也在变故里尽老”（来自诗《一九一七》），这是诗意还是失意？作为一个心怀憧憬的人，要从美好的事物中发现诗意，也要从不那么美好的事物中发现诗意。而在许许多多过去的日子里，我确实也这样做了。努力让自身更简单，却又更幸福一点。曾几何时，我扪心自问，要如何“投机取巧”，才能安然而巧妙地度过一生！直至现在，这个问题我都没有想明白，而是糊糊涂涂地又走了一段很长的路。一生还很漫长，而为追求幸福又何其短暂！

作者

2017 年 11 月

目　录

小斑痣

你为了你的云

嘲讽过境的骆驼

但这不是它的归处

乌云过境你的眼荫

你项上的一粒小斑痣

已被夜色所遮掩

月落乌啼，疏影间

闪过浑圆的灰色

为你目光所余留的阴影

骆驼的归处

不是你的归处

骆驼途经古巴比伦

回归撒哈拉

而你位于我的双手所能触及之处

一粒无名的小斑痣

也许为伤痕所留

为你所带来的不可磨灭

在你火热的项上

有一块黑色的小绿洲

骆驼过境，然而此刻

已为我的下唇所收留

秋起

自普陀山的茶树一微颤，
就知道秋行将要来了。
欲告知而未告知，
秋的消息
竟藏掖在一朵蔷薇里。

而夏刚刚过去，大雁
朝南，朝向南国海滨的
一座小岛。
我的音信，是否也已送至？

等到香山的枫林尽染，
林声寥落，
我就乘着幸福的小舟，
自普拉亚的海岸
凯旋。

蝶签

初秋的夜
是一个说不尽的故事

我在故事里
点一盏灯
灯光所及之处竟有些哀伤
我欲寻找而未寻找的
诗情画意
你是柔光下书签里
爱情的标本
——蝴蝶的另一片羽翼

出门仰望
竟发现一颗星子也与你有关
好像染上了你的哀伤

季度

音信从来不在我手中
它只在鸿雁的一声荒凉里

从北到南
从大兴安岭到南方小镇
纸上只有十厘米的距离

曾记得你以一微笑传递情意
眼中夕阳坠落在一片池子里

然而此刻没有比你更美的风了
尽管成熟的柿子树欲凋零

但季节变幻，这又能怪谁
音信从来不在我手中

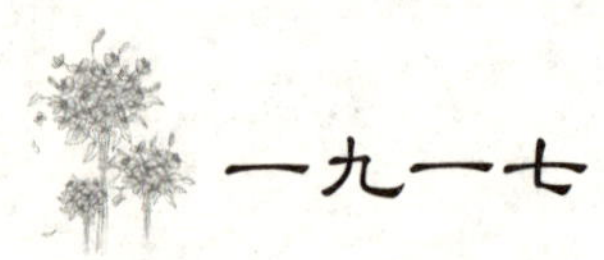

一九一七

那些个镌在墙上的

一九一七

字迹有些糊涂

毕竟穿秋过夏

一间旧屋

几经风霜也在变故里尽老

自一个人到另一个人

轮回

尽管苍老了，窗花，门沿和小锁

可檐角的风铃啊

像一把小小的伞

一百年前和一百年后都一样

轻轻摇曳

静秋

如果相思鸟叫了一个晚上
似听到而未听到
月光的水声
那山就不叫山，秋
也不是秋

等到风铃，轻轻摇落了
三寸秋霜
或许，还有时间去修补
两朵雪花之间的关系

可风竟这样清冷
欲至而未至，吹不响我的风铃
我只看到斜月下虫声里
你是一阵雁鸣
将息

晓

远远近近的晨光

纷沓而至

我的眼睛像一扇门，隔绝

黑夜，引进希望

恋人的话语挂在梧桐树上

晨光是一条小河

浸润

淹没远处的平原及眼前的屋檐

但没有呼声

呼声都还在床榻之上

瘦梦之中

徒有我

早起想看看云

可云躲藏在别人的

眉梢

微风所过之处

——秋天已斑白

盛宴

一片云轻轻轻轻出走
而风比往日娇柔

我想起一双恋人的手，亲抚
我的眼纹，我的鬓丝，轻轻

然而此刻，蝴蝶又长出新羽翼
轻轻轻轻出走

许多诗意落在浅草上，露珠里
又复归看见你，一个带笑的人

天比从前更蓝了，更像一双眼

一片云轻轻轻轻出走

而风比往日娇柔

以致，我看到一微虹彩

隐隐浮现在你的两靥之间

窗外

窗外蕴含着巨大的诗意，

柔柔的暖阳下，一片杏枣园。

阴影作出了让步，朝向小屋的另一端。

但在阳光普照下，一切都生机盎然。

一只蝴蝶，一阵莺声，还有远处的一棵柏树，

都甚是柔情。

所有有关事物的，有关眼睛的，都甚是柔情。

我坐在屋子里，听见一阵微风，

且半笑着，悄悄掠过最近的树枝。

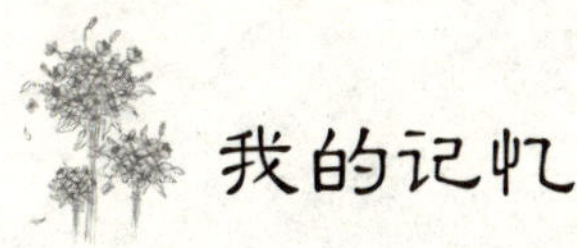

我的记忆

如果有一把锁，想开就开，想锁就锁
如果记忆是一个欢乐园林……

而你，众木之中垂垂欲坠的一棵
因你的记忆太多太多太丰盛

我就采摘美味的果实，就比较
你幸福还是消瘦了，一株山楂树

如果有一把锁，想开就开，想锁就锁
如果记忆是一个欢乐园林……

是一条小河，岸上开满荞麦花
是一座古桥，许多人曾踏过

秋的联想

因为蝉和蝴蝶，在白昼的微温间叹息
秋日临近，我收起短衣，与夏有关的，都收起
但无法收起，一张貌美的脸，一双温柔的眼
从去夏蔓延到今夏，到秋

因为蝉和蝴蝶，在白昼的微温间叹息
一阵风，一把椅子都陈旧
就想起过往的一阵风铃，轻轻摇曳
夹杂着一轮笑靥的生息

看一棵树，出神；听一阵微风，联想
一张貌美的脸，在海上下坠
而最终比一轮夕阳还要皎洁

我已平静了，像一个湖，深蓝
不要再动荡了，不要再搅起我的波纹
因为突然想起，风在绿道通过

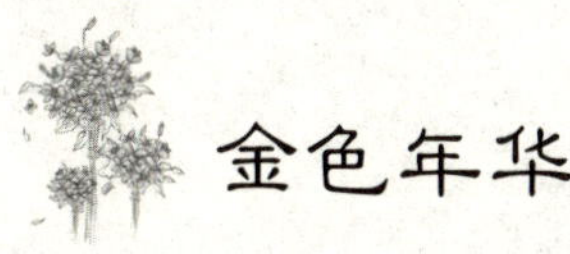

金色年华

而从干枯的枝头上传来
——秋天已很深远。

想起秋天的另一番景象：
麦子熟了，大雁朝南，
众人在麦浪的海洋中，
拾掇一朵金色的夕阳。

秋天还有另一个节奏，
舒缓，慢悠，坐在门前，
一阵微风追逐一片流云。

一切事物皆可美丽无瑕，
一切风皆可中途转弯，
朝向另一个幸福的国度。

有人告知我雪花将至，

就暂别鲜花，暂别蝴蝶，

因美丽的故事仍将发生。

写意

潦草几笔，你就从烟雾中
走出来。在纸上绘你的样子，
而觉你的样子
比从前消瘦。

看你在近处，又在远处，
而你藏身之处竟有一些白云。
欲寻觅你的仙踪，上山的小路，
下山的小路。

最容易，也最美丽的事情，
就是对着一幅画好的秋日莲塘，
联想你归去的地方。

从最遥远的地方走来，
在遥远的小楼，徘徊，

有你在，俨然就有一幅
芙蓉出水图。

浓郁之中，独你最淡，最淡，最悠远，
像一轮暮霭，而下坠的，皆是晚风中
夕阳的我。

枕边书

最靠近梦乡的，是两本书，
摆在床头，最最靠近灵魂。
无论月光如何生根发芽，
一本书永远随手可拿，永远
都可细细翻看，对着月光迷人。
两本书倒像个盒子，装载
我的心事我的糊涂我的灵魂，
而我的灵魂永远不及月光明白，
尽管皎洁，或是有雨天，
但手头上，永远都有一本书，
永远永远梦想着，在触手可及之处。
从书里，看到未来，看到恋人，看到
一轮目光的温柔，在两颗灵魂之间，
有一座浮桥，连接着河的两岸。
轻轻抚摸月光，抚摸两本书的封面，
白昼，黑夜，最安心的地方，

最美妙的地方，一觉醒来，
永远永远怀有安宁，永远永远怀有梦。
伏在我枕边的书，像一个小世界，
像一个港湾，像一双温暖的手，
但凡触手可及之处，愿望就在，
就可轻轻摇落满屋的星光。

午夜怀旧

独我于午夜之中
点灯
沿着门前的一条小路上山
踉踉跄跄地
把一轮星天的网
渐次铺开

就乘渔舟游于天上，星海之中

看到几朵云
聚拢
零落的竟是一些记忆的碎片
在猫头鹰的歌子里找寻
幸福之来处
而发觉
爱情肇始于青春的一支圆珠笔，一纸书信

过去的已过去了

但爱情的小舟也曾

满载而归

洗礼

在漫无止境的风中
拾起一枚枯叶，拾起一枚
海的齿贝
秋风在北国里
染尽
三千里枫叶，而独
染不红
一朵小花的
暗黄
我在南部港湾
以一滴泪的重量迎接秋天
而秋风将至
我的爱情已显露败象
我在海之一角
聆听涛声
目睹一只如期而至的海鸥
蓦地衔走——
我的微笑

（插画　奥斯陆）

奥斯陆

自鹿特丹港到奥斯陆的
一条小船上，载着封藏了五十年
的葡萄酒
此外，还有二十七个船员
和三朵玫瑰花

当海风起澜的时候，北欧海妖
克拉肯在水底深眠，打着上百年的
鼻息，朝着浪花
的方向，有小岛的灯光

在平静的挪威海上
采撷一朵幽暗的云，而这些黑色的
云朵像南方孩子口中的
棉花糖，甜美

然而，今夜我将登上奥斯陆

把天上的七色光

封缄在一封家书，投递到皇室广场

的一个红色邮筒，寄给

万里以外的你

夏夜

当夜色像潮水一样浮上来的时候
萤火，星星，一切都美丽极了

紫荆花在风中恋爱，一抹灯光
微弱，又温柔

一盏灯点燃了，从窗沿蔓延出诗意
爱呵！在今夜。一户小人家

如果我可以带你，穿过椰树林
穿过幽静的小路，居住在小楼中

如果有一栋靠海的房子，我会是
最幸福的人，虽然幸事良多

今夜我看见，三颗星殒落在椰树林
像三个小小的愿望悬挂在树上

风暴将至

天上的乌云
是一张隔壁的五旬妇女忧郁的脸
风暴从她的眼里
登陆

而从南部的海上吹来狂风暴雨
仅是蝴蝶效应

出门的人撑着蘑菇的小伞
在风暴到来之前，锁住
十一扇小门和
几颗星星
空气中有雨的味道
发芽

即便风暴将至，而

一只海鸥仍会在海岸线上

等待一条搁浅的

秋刀鱼

新酒

在月中寻找，最美丽的一轮
微笑，从满月到新月，半个月的轮回。
而你，眯着小眼睛，是新月之外
另一轮美丽的弧度，
从唇边到嘴角，起靥。

你的漩涡，潜藏着
一个称之为“酒”的事物：
几杯谷酿的新酒，醇香，醉人，
且持久芬芳。要饮，就饮尽一瓢
你的微笑。

不能跟别人说，不能透露，
因醇香，醉人，且持久芬芳的
是一张恋人静谧的脸。
要醉，就醉在两轮目光的清幽里，要醉，
就醉在三三两两的小褐斑之间。

听

在昨天聆听，风逝

在今天聆听，爱至

在一朵云里聆听

在成束的康乃馨里聆听

一个关于病患者的故事

在三月里聆听，溪水

在九月里聆听，蔷薇

在晴天聆听，在雨天聆听

在所有时刻，所有事物里聆听

啊！最长最长，最短最短

她的言语，她的笑靥

稻花

再过两三个月，
稻子就像老妪一样，压弯了腰。
届时，我将备好镰刀和
麻袋，收割的器具。

田野上飞起白鹭，莺声
夹着春信。
鱼儿徜徉溪水。
如果你是繁花里，
最敦厚的一朵，如果，爱在今朝。
我也算是幸福的一个。

你的心头，有一片遥远的田野，
阡陌之间，纵横交错，
流水途经之地，皆有
爱意萌生。
因遥远而美丽，因不可企及
而永恒。

一天

天将破晓的时候，
我还有四分之一的梦境。
还有一点点愿望，
像一根蜡烛没有被点燃。

过去的时光是一条小河，
流走了我的四分之三，
流走了年龄、友谊和信仰，
那些堪称“美丽”的事物。

但总比什么都没有要好，
总比完全孤独和失落要好。
站在一株带露的丁香旁，
我遇见原野和晨曦。

春天

或许，一盏灯就可以
点亮一个春天。
一枝花就可以送走
寒冬。冷意，
自去秋就开始有；
暖意，在两棵杏树间
游走。
不知哪一天，悄悄告别寒意，
又匆匆迎来暖阳。
或许，自潺潺小河边，
小草萌芽伊始：
春天在卖花的铃铛里，
春天在晚照里，
春天在冰雪消融之处。
有些累赘，有些暧昧，
因春天，
在她的眼波里，
在一扇半敞的小轩窗里。

起风以后

起风以后，炊烟就开始乜斜，

在遥远的宁静的乡村，风

有它的颜色，寂寥也有它的颜色。

就夹着两块画板，到小河边，

收集几只蝴蝶标本的同时，

又收集季节的标本

——春夏秋冬，四季变幻。

不同的季候，不同的花事；

但一朵朝阳，一朵夕阳，

永远都绽放得美丽怡人。

即便在一滴清晨的露珠上，

也已然找到生命的荣光，白鹭

飞起时，田野上一片氤氲。

携一只小手，走过阡陌，

如走过繁华的小桥。

如果有一声问候，一次爱抚，

我就踉跄地活在大自然中。

一阵虫声，一片清溪都有

不可言尽的温柔意。

如果只记取当时的暧昧，

日落以后，繁星挂起。

起风以后，眼睛就开始乜斜。

佛塔

自踏上终南山起，
请为我敲响三日暮鼓晨钟，
请一只悠然的朱鹮
继续啼鸣。

而我，仍会在你的福地
——三鹰柏前，
许一个小小的愿，
好像我们曾经相识，
一同浪游过。

但是啊！我们并不相知，
只是我已习惯了在群翠之中，
听到一阵鹤声，
就误以为
又是你来了。

重来一次

我轻轻说："重来一次！"
简简单单的爱情重来一次。
到后山上，柚子树下，
看一轮美丽的夕阳陨落。

重来一次，在柔和的风中，
徒步穿越一个小湖，回忆
起一双温柔缱绻的小眼睛，
简简单单的爱情重来一次。

如果夜空翻卷起波涛，
每一颗晚星都为幸福喝彩，
就轻轻轻轻地念一首小诗，
爱情的表达也就这么巧妙。

我铭记一个路过这里的人，
她眯着天蓝色的小眼睛，
如果重来一次四目相对，
两颗星星又该微笑和眨眼。

果实

美丽极了，向阳花的笑，
一株荞麦里也有春天。
而大雪冰封的北方，
铁轨像伸长的两只手。

我在薰衣香的院子里
——拾掇
一朵隶属于你发上的小花。
天际也很遥远，
像那株挂满了思念的香杉树。

足迹

不管哪条小溪，哪块石子，
不管是冬天，或是夏天，
消沉的雪，平静的海，
但凡走过的，都留下足迹。

同样在爱情上，也留下足迹。
曾经携手，互诉衷肠；或离异，
纷飞，像腊月里门前的落雪。

冬天和夏天不同，夏天可以
看细小的萤火，而冬天已大雪封山。
所有和你有关的都应被珍藏，
像大雪覆盖的沼泽、湖泊和山丘。

或等来春，春天重回人间，沿着
森林的小路，轻轻敲扣日暮的柴扉。
曾开辟荒原，在你的心里种花，
喻之为“爱情”的园子，我是园丁。

浅湾

有小船进出的地方，
皆称为“浅湾”。

但有一个地方除外，
就那个——
称之为“眸子”的地方，
没有渔樵，没有炊烟。

而我千万次路过
——梦幻的航道，
海鸥的故乡，
在她的眼睛里扬帆出航。

意外

郊外的农场上，演奏着德彪西的
——“牧神午后”，
从几头啃着青草的奶牛的
鼻息里，聆听到
春天萌芽。

而冬已远去了，
在洱海千寻塔上，风铃的一端，
就告别北风凌厉，以及一朵
微笑着的迎春花
这里是南方啊！
恋人唇上最南的地方。

从苍山流过来的溪水，
也很欢畅吧！

一朵无意中沦落此地的云，仿佛
冬日里未及迫降的雪花。

季候

如果不是两湾浅浅的湖水微澜，
秋天自她的眼波轻轻传送，
我还读着夏的热火朝天，读着
几亩水稻金子一般耀眼。
我的心久居夏天，我的眼爱上蓝天，
我的足涉过小溪，我的话语
欢乐如幽林里提着小灯笼的萤火。
如果，如果季节的变幻无须经过应允，
我就在荷丛里，划一条渔舟，
轻轻采撷一朵娇嫩的荷花，
摆在我的书房，目所能及之处。
远不止这些，还要升起一条美妙的炊烟，
告诉天上的人家，凡间有乐事。
一池荷还是会有的，一阵风也在途中，
如果秋天没到，荷不枯萎，
风吹荷动时，哦！好像有人要来了。

哀婉的，不哀婉的，都属于六月的雨。

我伏在窗边聆听，微风细雨所至，

像那姑娘眼里噙着的两行清泪；

偶有雷声大作，愤懑如末日将至。

这样变幻无常，又安然有序，

哦！夏天，一个无定时的爱恋中人。

我的心装着夏天，她的眼盛着秋天，

如果不是走入了爱海中，身不由己，

如果不是两湾浅浅的湖水微澜，

秋风自她的眼波轻轻吹起，

季节的变幻就无须经过她的应允。

年轮

猛然忆起
冬天的故事在她的发丝上
苍白
而她的眼里
——冰雪消融
春天在萌芽

跟随两只蝴蝶
去探寻她靥上紫荆花的芬芳
她笑着
彩云也为她眨眼
哦！我恋爱了
遇见她的这个清晨

春天伊始
她又年长了一岁
哦！不，她又年轻了一岁
在爱情里

戏

曾在广袤的南方
奔腾，
以马的热情，白昼的绵长，
追寻日落以后，繁星点起时，
你在船上
轻轻摇着春天。

用娇小的声音轻言
“月牙儿弯弯”，
再唱起
——《荆钗记》。

我有一种预感：
即便饮尽了一杯新春的酿酒，
而在南方小镇的诗意里，仍会爱慕一个
点了青黛的姑娘。

也许会容易些，

如果入了爱情的座，

我在戏里，

也在戏外。

脸

美丽的南部港湾
潮水在漫涨

几只海鸥徘徊在
卷睫毛的故乡

平原、高山、沼泽、湖泊
都在她的脸上永久定居

在她哭泣的时候
泪水就顺着鼻沿的两条河流
仿佛渔灯点点
自唐古拉山驶向太平洋

（插画　洋）

洋

今夜，就在东方
就在海上
港湾之外，划过巨大的
笛音

仿佛说了“再见”
远洋的感觉就使我孤独
在岸上
意犹未尽
咖啡厅里的一根小红烛
仍亮着

请等等
南中国海上的微风

容许我停下来

想一想

你如同皎洁的月光

悄悄吻过

我的右舷窗

丫丫

尽管挂满我的枝头
而丫丫却是消瘦的
红的红，绿的绿

在西湖边饮马了
丫丫
蓝色的蓝天下
红色的红衣旁

丫丫
我的最爱
临近在眼前
遥远在眼前

我的晓风很幽蓝
只因丫丫
填满我的心头
却不是一个确凿的生词

繁华

仍在眼里开着
从去冬到今春的
梅花。

只是拭过泪后，
自洛阳到长安的古道
已很模糊。
南部的微风啊！
在她鼻息间渐渐成形。

车马牛羊都越过了眼睫毛。

草原、河流、湖泊
仍然滋润。

而我独爱着，她鼻子上
风化了的象牙山。

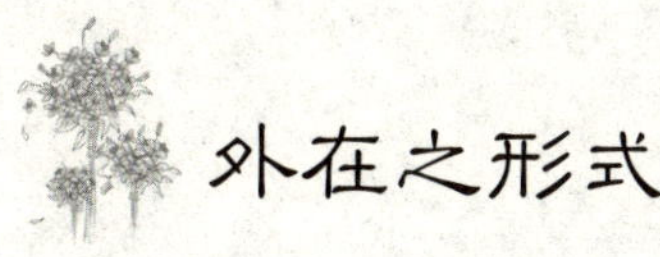

外在之形式

风有风之形式
呼呼地吹着
雨有雨之形式
哗哗落着

古人身上的腰带
甚是宽松
转而像
山中的一条小路
蜿蜒

你有你之形式
我有我之形式
爱有爱之形式
恨有恨之形式

孤独地爱着

与被孤独地爱着

竟是一份爱情的

双面

秋事

尽管脱落了

大兴安岭到长白山的

千里黄叶

而繁茂的鸟声像一条小河

淙淙

大雁南去

市井上已传来

香山红叶的音信

而在南国桂香的园子里

我的耳际

九月的秋思

像芦苇一样

轻摇

仍在靠近雪季的岸边

期待着雪花降临

眼睛以外已无它物

苏州到扬州到小船

已泊岸

只在海上来

只在海上来
爱勿能爱
忘勿能忘
言勿能言
情真意切

只在海上来
归勿能归
去勿能去
爱海风帆又点点
看你岸上烟

只在海上来
只爱岸上人
只摘岸上花
路途绵长烟雨远
请君入梦来

矢车菊

紫色的矢车菊开满整块山坡，
我的屋前屋后都是紫色的海洋。
它隶属于一双恋人的眼睛，
同时又神似天空的颜色。
亲爱的矢车菊，在热恋的季节，
开在某人的双眼上，之所以眼睛
深蓝而紫，大抵因为是夏季。
但我不再看见她的笑颜，
却又假设她的笑颜，
每日每夜浮现在温润的花间。

确信

幸福终会降临，

一如深秋时霜雪自然下落。

午后独步的时刻，

天空很暧昧，云很轻，

风吹拂着，仿佛有人在唤我，

如同我也想起了一些人。

只是柴扉久已荒废，

意中人搬离了南边的园子。

走在同样的小径上，

野草的芬芳扑鼻而来。

再晚一点，夕阳就要下山了。

而幸福终会降临，

一如天黑后自然涌现的群星。

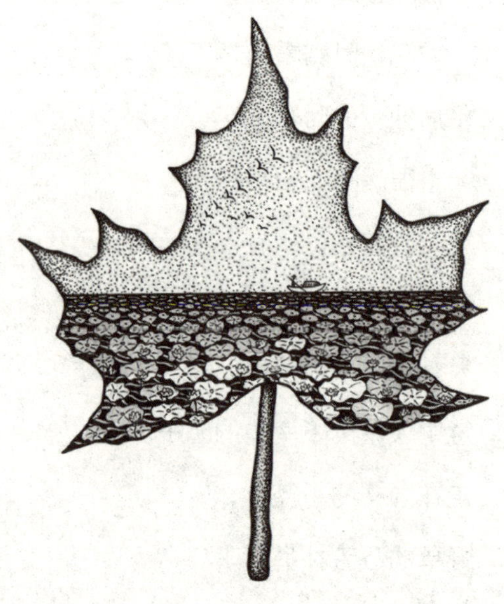

（插画　异国深秋）

异国深秋

冠之以“地中海”之名
而涛声阵阵
拍打着礁石

夕阳在晚风中
雁字成行
渔舟也唱晚了
哦！
风帆在岸边恋爱

秋风四起时
我的脚步声沉于驿站的郊外
俨如月光
落于荷塘

途中

秋天

在雁声里盛放

尼斯湖的沉思

不列颠群岛居住着

撒克逊人

而跨过了英吉利海峡

一种别致的风情更生

荷兰的风车

跟手上的纸风车

是孪生关系

郁金香触及了原始的味蕾

法兰克福、莱茵河、巴黎

像一场未苏醒的梦幻

再往南一点就越过了国界

赶在火车抵达之前

遇见阿尔卑斯的雪季

晴朗

见了她以后，
有了另一种曙光、晨光、暮光，
十一月南国的暖阳，
驱逐了寒风的侵扰，
而为她所侵扰——
生命里另一种晴朗。
于小径上遇见了，
相似于从前在饭后、
小湖边也遇见了，
偶然地到来，悄然地离去。
她漩涡里的一轮微笑
早已为我的眼睛所收藏，
所慕、所爱，像一轮光，
在破晓、清晨、午后，
在一天中的某个特定时刻。
遇见她的这个清晨，

我甚至想到了点点星光。

相较于寒冬逝去，春天回归，

她使我更加阳光普照。

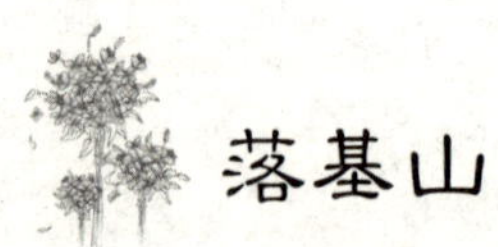

落基山

温柔的路易斯湖

为落基山的掌上明珠

驱车经过

湖水倒映碧绿的天

落叶松在岸边

红杉在高处

眼睛已被秋日所遮蔽

我的眼睛

此刻不属于我

雄伟的落基山

已被雪花挂上了白胡子

除了爱情，班芙小镇

一切安好

我想唱一首歌给你听

我想唱一首歌给你听，
选一个时间，坐在一个安静之处，
唱一首歌给你听，深情、绵长，
假如你在认真听，眼睫毛下
两湾湖水又蔚蓝。

我想唱一首歌给你听，
把你当成摇篮里的孩儿，
用歌声哄你入睡，在我的怀中，
轻轻，轻轻唱一首歌给你听，
我的宝贝，海一般波光宁静。

我想唱一首歌给你听，
唱给你听我的欢乐与忧愁，
唱到了我的柔软处，泪光婆娑，
爱之所以为爱，

当山上的小路灯依稀。

我想唱一首歌给你听，
唱一首歌给你听，轻轻，
任你睡吧！在我的怀中，慵懒，
疲倦，唱一首歌给你听，
像风，像雨，落在紫色的花园里。

非爱

落霞在天上，

珊瑚在海里，

隐逸者在山中，

小贩在街市，

歌者登于殿堂，

行人走在广场，

爱我者不知谓何，

念我者栖身何处？

蝴蝶藏于纸质标本，

小鱼儿在水中，

夜晚在猫头鹰的蓝睛里，

白昼已为阴霾所噬，

大堡礁在 Australia，

布拉格在捷克，

香格里拉在国之西南，

时间的刀刃上，

友情化为一封长信，

已为“命运”所舍弃，我的另一个别称是

——“过来人”，

可云雀不在云上，

花甲不在花间，

风信子无关风月，

爱我所爱，已非我所爱。

相恋

卿卿我我的蜜语，不说也能明了。

在你手上画一个圆圈，圈住了你的心。

莫让细小的蕾刺，伤害了好心人。

画一个圆圈，不让你走，

也不让美好的时光溜走。

我怀念从前，也留恋现在。

从前憧憬的美好，现在都有了。

我拥抱了你的心，也等同拥抱了忧愁。

和你相聚时欢乐，分离时忧愁。

小麋鹿

从山中来的，

一只俏丽的小麋鹿，

你像，

在清溪边饮水。

这一只小麋鹿，

不谙世事。

我在山中见了它，

它一闪而过；

我在月下见了它，

它追逐着萤火。

我想，

在这之前

我也是见过它的，

兴许在天上，

兴许在梦中。

一笔

他们把这称为“留白”，
画中还有一笔没有
补上。

何必求得完美！
月儿的盈缺，
不正是人生的盈缺么？
不要说，
“我们不是月。”

我们恰恰是那一笔——
蒙在月前的云。

（插画　山中行记）

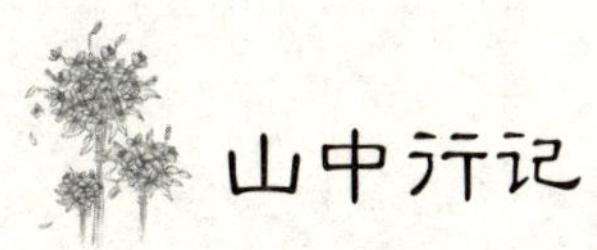

山中行记

如果此时你刚好路过我的眼睛，
我的眼睛将为你变成
天上的虹。

尽管囿于青山之中，
但我的灵魂早已泊在千里之外。
为你撑一把碧油伞，撑着你走过
晴天，雨天。
云来云去，
居无定所的是你的影子。

后山有一轮新月的宴享，
独缺了你我。
一盏盏路灯宛如一颗颗星，
自门前向山上挂起。

云儿

着实不高明，

你以爱我的方式

离开。

给你织的七彩的云，

且留着。

想我的时候，

就骑着它回来看看。

岸

佛语中的岸
在身后。

没有一条小舟可跨过大海
朝西去。
偏偏有一个影子，
自海上升起——
驾着一叶扁舟。
海上的粼光如此寂美——
朗月高照，
又折戟沉沙。

星光在天上点缀，
有人却把它们
比作岸。

寻一些

想寻一些温暖的东西，
譬如星子，灯火，和一些人。
然而星子遥远，灯火灼手，
而一些人，
也并非完全温暖。

想寻一些温暖的东西，
譬如折好的纸鹤，情书，
和旧的衣裳。
折纸的情书藏在旧的衣裳里，
仿佛岁月深锁在柜子里。

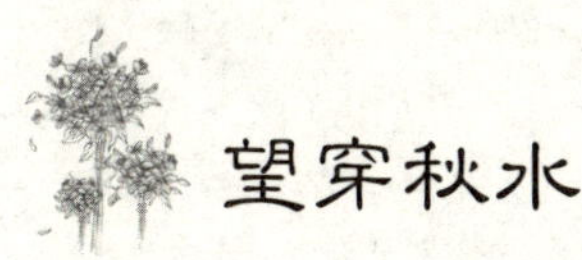

望穿秋水

欲看清你的去处而你的去处
蒙了云，
我窥量你身后，
你身后竟宛如一条小溪深远
不可探测。

想你近在眼前，骑着马儿
山中来，
偏偏你，
骑着马儿山中去。
一时间，
我眼里起了雾，
山中的云海像一匹野兽
吞咽你的身影。

山上有羊肠小路，

你骑马去了，

也许还会骑马回来，

在云霞消歇时。

告白

发生在十一月的事，

像信件

被装进了口袋里。

哪怕取一点星光

来当蜡烛，

也不至于看不清

霜花像你的脸

高寒。

又或许说，

十一月不是一个好时节，

不宜告白。

偏偏有人，

携手走在十一月的茫茫月下。

年华

燕雀
是天空的喙，
一大早
衔走了月和最后一颗
星辰。

夜的尾巴像虫子，
被鸟儿吃了，
悲伤得恰好如你，丢了
买油的钱，
挨娘一顿骂。
如你，丢了一封小情书，
在十七。

某人

往往在无意之中
你就掠过。
爱你，
你竟越发像鬼魅。
我说，你是影子。
反正你来了，就来；
去了，就去。
都寻不着。
有人说，
你住在天上，
牵牛星是你的眼睛。

亲爱的月牙儿

想问你要的，

夜半的月牙儿。

拿来，

不给不行，

我就这么纠缠着。

休想逃，

休等天明。

明晚我又会来，

问你要，

那挂在天上的月牙儿。

读你

在灯光下读你，一行一行的字，
开头很宏大，结局很卑微。
哦！读你，像一本书，
结局的残缺比完满重要。

读你，星星是你的眼睛，
新月是你的笑。
一不小心
你冲着我弯弯地笑，
我直打哆嗦。

读你，一知半解，
读你的心事，如读
小桥流水。

（插画　恋歌）

恋歌

且听，我想道来一个陈年的故事。

也许你会觉得有点荒谬，

然而它却是我经历的，最常回想的故事。

因故事里的人，也是我最常回想的人。

我曾跟你说过，

我喜欢一个这样的姑娘：

她的脸远看着有点圆，她却很是可爱。

她常穿粉色的衣服，显得活泼。

然而一旦有人定定地看着她，

她立马就安静了，并且把头颅微微低下。

你给她一个苹果，她置之不理，

然而私底下又美美地啃起来。

似乎她觉得别人的赠予是理所当然的。

她有着傲娇的性子，然而却是我喜欢的。

她的傲娇只在某些关怀她的人面前。

我曾遇见的这个姑娘，
她坐得离我很近，她总跟我一起说事。
她会叫我帮忙，会跟我比较，
在一些微不足道的生活小事上。
我曾多次赠她青苹果，
她或接受，或不接受，扭过头就走。
她画了一张小小的邮票给我收藏着，
又在一本书的扉页上，
画了一条没有尽头的路。
我曾喜欢这个姑娘，
她有着大自然的秉性，不假修饰，且率真。
她如此简单，又如此美妙，
像玫瑰暴露在晨曦下。

我想很难再遇到一个这样的姑娘，
这样一个令我深深铭记的姑娘。
她活在我的记忆里，多于活在我的生活里。
然而你不要笑，当我侃侃而谈的时候，
当我说起她，就像一个老人，
回忆起他年轻时的爱恋。

云之外

听闻你归去之后山中便好像上了锁。

我在青山之外，
远看你如三月的一只莺，飞于江南。
然而偏偏，你在山中，
不待来客。

我是青山之外走马的那个人，
蓦地瞥见，
你的娇影宛若游龙。

都说，“云深似海”，
走入了云中，
仿佛走入了烟海中。

而我说，“云深似锁”，
我想走入你的山中，
却被你锁在了云之外。

山中

疑似一片遥远的绿叶，

跌落在山中。

不见你时，

山都宁静了。

我是拾柴的人，

看见你归，

恰似云海一片苍茫。

舟中

于舟中系好你的清愁，
你的清愁宛如
薄暮西山。

我是南来的一水，
曾汇过你的山前，
在你身后聆听，
你的呜咽宛如鸟鸣。

于千里之外怅望你的身影，
你的身影宛如一条小舟不归；
于落花前聆听你的声息而你的声息
已过秋时，
附于深山秋雨。

倒是冀望你系了一舟的清愁，
于子夜中流过我的门前，
容我灯下拜读。

如烟

误以为她在我的心坎上就会

相安无事。

就把她比作归舟，

披星戴月。

可她偏偏还要

来时牵虹，

一阵和风细雨在她的眼中

浸润。

在她身后，

灵魂跃于千帆竞发的深蓝。

哦！她是什么？

我也不知道。

水中的一尾鱼，

仅是她的影子。

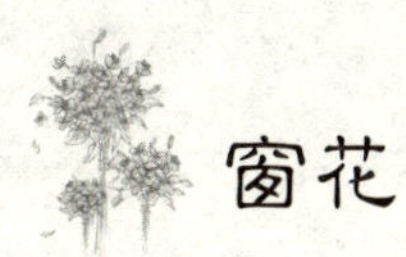

窗花

我有一栋靠山的房子，
不高，单层的
幽静而远离闹市。

陈旧的门栊边
藤花开了一度又一度。

陪我看黄昏的人已走了，
窗花却依旧精美。

仿佛你过门
仍是昨天。

（插画　渡口）

渡口

远听一声欸乃！

云和水相随。

我走在群山之中，

听风吹起我的念想。

我在等你归，

你等潮水。

你像小舟，

我成了你的渡口。

缘由

说是天公的掉泪，

以一微雨洗净凡世的檐壁。

然而南方的女子哭得更晶莹，

以目光的一轮明月，

落雪在我生命途经的山丘。

春天之后还会有另一个春天吗？

当繁花业以消失。

向生命里每一场落花致以问候，

三月的人间及我的哀怨。

在石子上眺望雨后的落霞，

借此追想一条小舟不归的原因，

是风的无谓的轻拍，

还是海的不可治愈的癔症。

自由的国度

如果恋恋你，

在自由的国度，

在异乡的秋声里，

芦花经由你的歌声，

飘落在河边的小船上。

啊！雪花干净透明，

你是烟波上的漂渺。

水面行来的蜘蛛，

正编织离人的网罟。

我在自由的国度，

等等你，

等等船舶归来时的兴奋。

水鸟途经芦花，

日暮安静如画。

等等你，

千里以外的故人。

虽说我的眼睛甚是温柔，

而秋天已深居睫毛。

在自由的国度，

一缕萦思和一朵雪花无差。

我之吻痕

就轻轻一碰，
你眼里就起了雾，
像那云
横在月之前。
我有错觉，
把你想成了一扇窗，
欲留一个吻
在窗上。
当一双白鹭
从你眼里飞出，
一汪清泉，
像现在，
神秘而哀婉。
不是月，不是星，
是我之吻痕
太轻的缘故，
划过你的眉梢
而不起风。

裂痕

当时间无缝连接，

一把刀

砍不断从前和过往，

思念就生了根，

从今天

蔓延到昨天。

有一堵墙

横在夕阳与黑夜

交织的地方。

但见苍苔

沿着砖与砖之间的纹路

一格子一格子

往上爬，

而我把它称为

时间的裂痕。

石榴熟时

今晚所见
一个邻家的孩子
爬上顶楼
用一小杆长竹子勾住的
石榴
大小刚好如
拳头

那笑声
是一根细细的钢丝
硬是把我拽回
童年

我也曾这样小
攀爬着
把夏天从一棵树上
摘下

指印

你的指印

像一朵

在秋天盛开的墨，

之所以是秋天，

因年华

多是荒凉的缘故。

打开一封信，

折痕已经苍老，

而你的指印

却未干，

像刚写好信时，

附上一个

浅的吻。

我把你的信折成

一枚纸鹤，

让它带着你的指印、

你的吻，

飞到别处去。

你和我，

不能像月一样盈，

只能像角一样缺。

我们

就把我们比作
一条河的
两端，
你在开头，
我在尽头。

开头，是一个少年；
尽头，是一个老年。
一想到你的巍峨，
我就有愧，
我有一颗平原的心。

你在西方，
我在东方。
你有你的雪花，
我也有我的

烟火。

就把我们比作
一条河的
两端，
温柔，孤独，
彼此分开，
而又彼此相连。

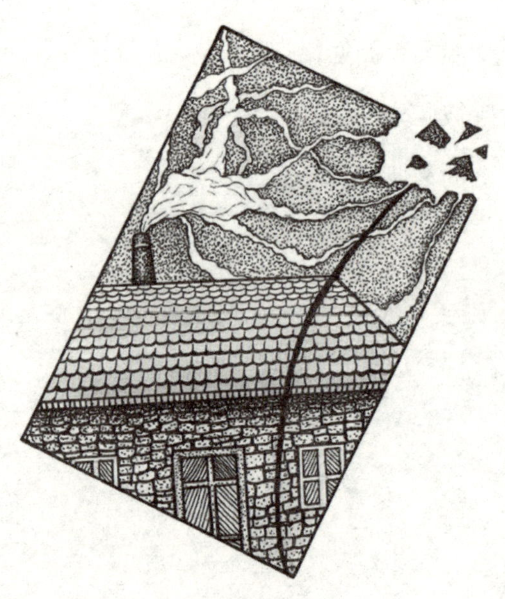

（插画　烟的故事）

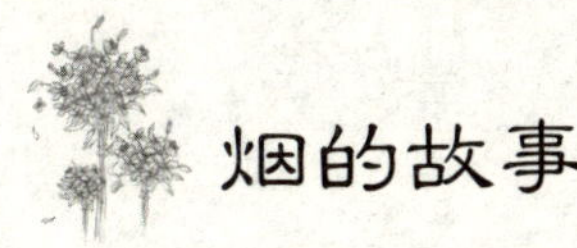

烟的故事

把一封封信投于火中
有人要读
就找烟说去
这会儿
它正从屋顶上
升起

曲曲折折
一条烟
欲把手伸向天
而晚风
似乎嘲笑它
过于消瘦

傍晚看烟
是一条通到天上的小路
把我的故事
开成一朵云上的花

登山

山下的野店活在诗中

如要登顶
就沿着山的一条腰带攀援而上
赶在日落前
把一盏小灯在平地上
点燃

就等夜色来

花香像一条小溪
水声潺潺
我爬上一块大石
把一粒晚星
摘下

向晚

你放晴了吗？

还是要继续下雨？

反正在你心中，

一片蓝天总有

另一片乌云

跟随。

如果要下雨，

请及时告知，

让众人在偷闲之余，

也聆听一场雨的

敲心，

或凝神成舟，

荡桨在眼睛以外。

如果你放晴那更好，

向着阳光，

阳光隶属于你靥上的

一朵紫荆花。

放晴吗？

还是下雨？

我等着，

别人也等着。

笔者

最好，在笔下
流出一条细小的河，
弯弯曲曲，
像儿时画的几条波浪线，
很糊涂，却很有味道。
从纸上流向远方的，
竟是一些模糊的岁月，
一字一句
成了船。
可惜我不是画家，
不能用几种颜色变幻出
一幅幅精致的图。
幸而，我有一支笔，
不长不短，不粗不细，
就把夜晚折成诗。

票据

做一桩买卖就开一张票据，
有时开了票据，竟不知
买卖了些什么，盐米？
那些红色的印戳上，
尽码了一些前尘往事，
欢情？蜜意？能记否？
岁月是一张票据，
来也悠悠，去也悠悠，
兑换一桩又一桩的记忆。
得来一轮花纹镶嵌着，
从前才更加美丽，启齿
那一桩又一桩的欢情蜜意。
纸张里落脚的一些幸运，
一支笔，一个名字，
都有了藏身之地。
我有一张票据，署你的名呢？

还是署我的名？署你的名

今后会梦幻一点，

毕竟我有一张你的票据。

乌有乡

我把我的愿景
筑于乌有之乡。
高高低低的
一层又一层快乐。

我把我的念想
系于乌有之乡。
一条又一条缆绳，
牵住真真假假。

我把我的爱情花草
种于乌有之乡。
昨夜惊醒看花去，
乌有乡里全乌有。

月光书

门外的月光摇摇欲坠，
像一场雪落着，飘着，
结成厚厚的一叠信笺。
我就记起临春时，抓一把小雪，
糊在你的手中，脸上，
看一靥微红潮水般涌起。
系红丝于你的腕上，
扎着美丽的欢乐结，
连接着一轮月，在你的心中，
在我的心中，荡漾。
江北的麦子，在冬季
披雪，凝霜，再晶莹一点，
就赶上你的心明白剔透。
想起一靥红，就想起
你零落在窗外的月光，
像雪落着，飘着。

所谓伊人，在彼一方。

今年的雪最好来得早一点，

你也来得早一点，快一点，

赶在月落乌啼之前。

发小

小小就认识了，
那年梨树刚过平头。
小手牵着一起走，
山里山外都跑个遍。

三五早起看云去，
四六夕阳踏云归。
说了又说的
池塘边有水鸟飞。

抽屉塞了千纸鹤，
纸质书信不少见。
就是一把伞
也活了几个夏天。

几句关切问候，

流沙里年复一年。

青春的注脚上，

一双哭红的眼眶。

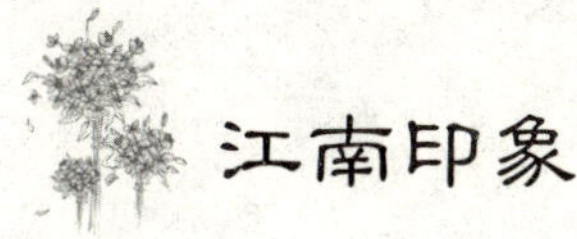

江南印象

以青砖的数量来计数
一座城的岁月
一摇一摇的桨声
说尽
小桥人家
此时还欠一个夜人、一阵更声
把夜敲得更消瘦

一条船
系于烟水暧昧之处
听晚莺的惊觉
叫醒三月
及我
行于落日狂沙
我是烟水之外的另一条船
路过江南
泊于霜花

虚华如斯

幸亏一只暮鸟
飞过云端，
衔来了一弯虹。
有人由此想到你的微笑，
而你的微笑
——若隐若现。
我不愿见虹，
因之前，
有一阵和风细雨
沾湿了夕阳如画。
我不愿见你，
因之后，
一撇愁云横上心头，
如虹如烟，而念中带刺，
虚华如斯。

麦的香

当麦香随风，

像巨浪，

像一尾鱼在空气中

游动，

我是跳跃着，

掀开了一城的月光，

让一尾鱼的麦香

涌入堂前。

我像受了惊吓，

像雀鸟

也恋了爱，

在麦香的风中

鹤立。

童趣

深夜是一片万籁寂静的海。

我把月亮看成海里的

一个吻。

我坐在窗边，

若干浮光掠影逝于

秋虫之背。

想起了童年那会，

云雀在打转，

一朵云可爱极了。

而今想来，

往事如一封家书，

有待耐心细读。

今夜我读着，

从纸上跃出了鱼影

滑向海之深蓝。

墙

想骑马儿去找你，
恰好赶上坏天气。
雨是一堵墙，
挡住我穿街过巷。

想写一封信给你，
纸墨都备好了。
言语是一堵墙，
说不出有多念想。

我等了一个下午，
终究等不来你。
爱情是一堵墙，
修在了你的心上。

（插画　月中书信）

月中书信

拆开来看，

一字一句都很温馨，

读着，

像你的语气。

连标点符号，

都用得精细。

你的语言流畅，

像你平时说话，

从不含糊。

夜愈深，

我愈激动，

因有人说，

月亮是夜晚的情书。

山居图

用一把锁，

锁上一扇门，

把钥匙

放在门沿上。

待芭蕉长大的时候，

我再来。

我再来时，

已薄暮西山。

用门沿上的钥匙，

打开一扇门，

如打开一个木匣子。

我来过无数次，

每一次来，必看云去。

每一次走，

必把岁月掩于

深山。

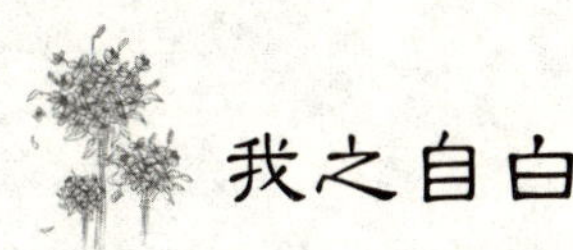

我之自白

你说，

你是一碗白开水，

如果要入味，

甜一点会更好。

我倒也理解，

女孩子

多是爱甜的，

正如我

也爱着酸和辣。

我倒愿

是一颗糖，

在你的碗里，

被稀释，稀释，

最后变为几微米

与你相融。

故事

带刺的玫瑰极其美丽，

美丽而不易握持。

岁月会消磨新刺，

然而岁月

也会使人变老。

当玫瑰不再刺手的时候，

我已经老了，

她也不再年轻。

灯下黄昏

我点燃了一盏灯，

如同

点燃了夕阳，

在落日长空。

夕阳的橘红色落在

渔舟唱晚，

灯光却如此衰微，

如萤火

照亮一小方。

夕阳不是灯，

毕竟没有灯芯和煤油。

而我不能把夕阳

点燃，

正如我也不能把

你的心

照亮。

偶然

一朵笑
在你的脸上绽放，
是你从柔光里拿走了
我最爱看的
整个书柜唯一的
《知乎水月》。
别人掀过的书面，
一行行褶皱
在生根发芽。
你坐在椅子上，
翻开书，
阅读，
你的侧影
像三月陨落的梅，
粗犷而且优美。
我在旁边听你

轻声朗读，

一字一句

自书中游向你的眼里，

宛如杯中的鱼。

看雪

你说，

看雪去，

每一片雪都藏有

爱情。

看雪就看雪去，

我于雪中看你

成了冰花。

看雪消融于你的手中，

流成一条河，

河中有小帆驶过。

我静静地看，

静静地看，

硬是把一片雪看成了

一片海，

你也驶过

我的眼前。

深蓝

把你爱成了

一片天，

我说，

要多深蓝，

有多深蓝。

小如芝麻的爱

确实存在，

就如

天上的星细小而有

微光。

我不能用手点数

星的个数，

正如我不能用尺规丈量

爱你的长度。

基站

树立在山顶上的

消瘦而高昂的

基站，像一个人

坐在椅子上

眺望。

有云来，有雨去，

但一根线

总在手上牵着，

像牵着另一只手，

日日夜夜

传送爱意。

也建一座小小的基站

在你的心上，

你何时下雨何时放晴

都及时告诉我。

误

多看了几本书，
就爱上浮想联翩。
书中虽有好光景，
却无远行的马。

平生爱了几个人，
误以为就懂了爱。
爱得像井中的月，
虽是欢喜终落空！

长大了喜爱做梦，
但凡虚妄都比作真。
明明你别处看花去了，
却误以为你山中来。

半山

我不是孤云，
不住在你的半山。
要做，也是做一只野鹤，
想哪儿去，就哪儿去。

我远远看见
一条小路别在你的腰间，
像一块玉佩，
古代的、定情的那种。

你是深处的人家，
当你的屋顶挂起一条炊烟，
我也就来了，
谁叫你的玉佩
像古代的、定情的那种。

不可知

有些东西是不可知的，
尽管猜测，尽管臆想。
在我眼里它是一条蛇，
但它确是路的两端。
有些东西是不可知的，
年轻时，我看你是
狼的深邃的眼光；
而年老时，你却是
猎人的刀柄上镶的钻石。
你不可知，正如
其他事物也不可知，
有的不过是猜测和臆想。

有味烟火

自是深秋时分
你入了山，
用一堆柴火
点红了
整座山的枫叶。
我说你是画家，
挚爱一抹
红色，
且红得不留余地。
从前，
你是大漠中的孤烟，
荒凉而辽阔。
可你入了山中，
就把一条小小的烟火
自屋顶上升起。

走马

走马的你远行，
淌过我家附近的小河。
恰好赶上我的春花灿烂，
蝴蝶成片。
我的庭院深深，
听不见马儿和敲门声。
走马的你
经过我家门口，
成了一个笑话。

（插画　雨）

雨

如果她曾拿起我的花朵，

并且狂热地吻，

我想我不会拉下雨的帘子，

把月色阻隔。

我曼妙的歌声，演绎着爱之乐章，

每一个音符，都为我心之一跳。

如果她曾有细心地听，

就不会离开，

在雨中撑着小花伞。

两星

仅在两星之间，

要画就画一条河，

用笔，用指，

甚至用你嘴角边的弧度

都没关系。

但要小心一点，

这条河不要画得太短，

画短了就容易跨越。

最好，一颗星拐过一个弯弯，

也找不到另一颗星。

最好，你是其中一颗，

而我是另外一颗。

你在我面前一闪一闪，

我看得到却够不到，最好。

殇

时间之殇，

青春之殇，

写书信不知遗谁之殇，

一人孤独终老之殇，

无能为力之殇，

爱情之殇，

读一篇古墓志铭之殇，

爱在九州以外之殇，

鱼儿呼吸之殇，

练习忘却之殇，

春之殇，

秋之殇，

冰雪消融之殇，

落叶纷披之殇，

吾所爱不可得之殇，

秋风与秋水不相融合之殇，

知不可为而为之之殇，

凌晨三点的街角之殇，

希望与失望之殇，

爱之殇，恨之殇。

我以我之手，

轻轻摇月光。

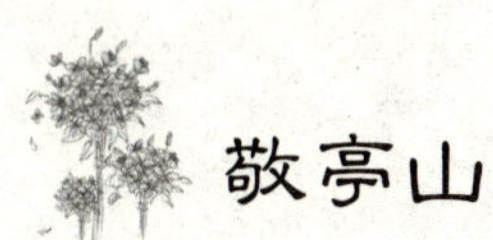

敬亭山

山亦老了，

我的心还年轻着，

暂且为你住些风雨。

花一点、泪一点，

旧亭台还如从前。

风拄着拐杖，掠过

妩媚的绿叶，

留下一声叹息，

“孤城远了，孤城远了！”

我寻访名山，

就在敬亭山住下了。

你化身秋之大雁，

亦随我在山中徘徊。

不解

来自心的梦幻的海，

一艘泊岸的小舟。

有人悄悄牵走我的心，

并且玩弄着它，挑衅我。

我寻找，

落日归依的边际。

且寻求，

那人的来处。

秋水漫涨的时日，

我将登上你的岛。

看看你究竟用什么，

迷住了我的痴心。

雪季温哥华

纵使阿拉斯加暖流过境

而雪季的温哥华

仍会落雪

斯坦利公园里

红杉褪去了红色

裸露着

暴露在寒风下

瘦如针叶般的冬天

大抵是“枫叶之国”的过誉

温哥华的雪

格外像手掌和棉花

伊的念想

从林梢间溜过夏之风，
亲和，柔软，
如伊的手紧握。
我记不起伊的模样，
只记得伊笑的时候，
眉目弯弯。
从林梢间溜过，
那一阵飒爽的笑声。
哦！那是伊的笑。
它跟着风，到哪里去！
我抓住风的尾巴，
问了伊的去处。
风缄默着，招来了蝶儿。
我问了蝶儿，伊的去处，
蝶儿也缄默着，
把我引向了蓝天。

我努力回想，

却记不起伊的模样，

只记得伊的手心的温存。

何以

何以我是第一个知道——
你的眼睛如温泉
不断涌出爱的清流

何以我是第一个知道——
那勤劳的燕儿
在你楼上筑了爱巢

何以我是第一个知道——
我本是爱自由的鱼儿
却甘愿入了你的圈套

何以我是第一个知道——
也是末一个知道——
你静默如一座小岛

六月的风

从天台进来的
六月的风，
孕育了我的夏之梦。
这一阵风，
胡乱地走，
最终落到伊身旁，
撩起了伊的发尾。
伊正浇着花朵儿，
微的笑，
从眼睛里掠过。
我瞥见，
伊的头顶上卷着些云儿，
活脱暮色的山。
我想把云儿摘下来，
放进衣袋里。
我与伊之间隔着人潮，
我暂且变成六月的风，
把云儿赠给伊。

在爱的感觉

永远都有说不完的事，
都有饮不尽的酒，
结束了这一段行程，
下一段又行将开始。

以爱的方式开始，
以不爱的方式结束。
如何学会自我“治愈”？
一个恒久的问题。

只能说爱情像森林，
像光、雪花和铁轨，
从温哥华到班芙，
途中风景多是美好的。

念珠

我不是卑微的尘
也不逐幸福的门
平淡里锄地和挑水

徘徊在佛前的冷
要取暖有昏暗的灯
这一宿有地安眠

莫让从前的烦忧
攫取了热的心头
敲经筒孰与我思

蓦地似年光飘转
一云游一春归
要寻我到佛门

勿

勿失眠，

勿怀念，

勿收留清晨的第一束阳光，

同时勿想收获第一次爱恋，

勿写作，

勿点灯，

勿歌咏，

勿作无谓之牺牲，

勿以为冬天去了，繁花即至，

勿以为爱海中风帆点点，

勿作茧自缚，

勿撕碎经久的情书，

勿铭记，勿忘记。

年光已过，

人微言轻。

蓝蓝

大地是一个爱恋中人
蓝蓝是它至爱的颜色
它补了个淡淡的妆
几只海鸟，几条帆船

而南国的天色很幽蓝
几抹白云镶嵌在其间

我想起一双温柔的眼
蓝蓝，纯净不可描述

眨一眨眼，像海，像天
眨一眨眼，偶然途经
几只海鸟，几条帆船

感知

感知细小的事物，感知青春和爱情，
感知一朵精致的云来了又去。
一片莺声从雨中传来，
亲切地感知到爱情。

感知生命是一场奥妙的雨，
只落在有你的花季。
感知爱情的齿轮来回旋转，
——从冬季到夏季。

而后也曾下雨、听雨和看雨，
但同样的情境却有不同的遭际
——爱情的齿轮停摆在我手里。

我无法第二次种植、浇灌同一朵花，
毕竟生命是一场奥妙的雨，无法
预知却可感知爱情的云离去。

难忘

我淌过你眼睛的河流，
像泅水的来客。
然而我不是自由的，
不能轻易地走掉。

你眼里有一股清泉，
涤荡，震撼我的肺腑。
然而我不是自由的，
不能轻易地走掉。

我路过尘埃和
你眼睛里的天空。
我遗失了我的自由，
不能轻易地走掉。

我想摘一把绿色的花，

放在光阴的墓碑旁。

即使我不是自由的，

也不能轻易地走掉。

桥边

那你去吧！

朝一望无际的春野。

并非雾中，

都是完全丧失。

那你去吧！

把你爱了许久的人，

寻回。

至于我——

还是守候在桥边。

或等你返，或等你们返。

你在

无人知晓，唯我知晓。

你在，

秋色的田野，

晨曦降落。

你在，

榕树的树荫，

太阳远去。

你还在，

落日的楼台，

漂泊的小舟。

我安放你，在天上；

拥抱你，星子归来。

当有一天

当有一天，你戴上了老花镜，
年华在你的鬓丝间衰老。
你是否会发现，人生的美好
已无多，并且为此而喟叹？

你是否会想起一个人，在你
漫长的一生中让你如痴如醉？
又或许在你年轻时，曾有
一个人爱你爱得热泪盈眶？

当你的双手变得无力，眼珠
在打转儿，当你回忆往事，
或完满，或孤独，请你记住，
有一个人曾因你而星光灿烂！

我的花园

转眼之间云霾消失了，

一场雨毁了花园。

零碎的、杂乱的花枝掉落，

泥土柔软而稀薄。

她也曾悄悄来过，

亲手植下一株紫花地丁。

我的花园美丽多姿，

而今却受风雨摧残。

一滴小水珠留在叶子上，

倒映着晶莹的世界。

何其悲惨，我遭受厄运，

我的花园也未能幸免。

屋

我建了一栋房子，

你住着。

如果你尚觉舒服，

那就住久点。

有一天你要走，

那也随意。

我不挽留，

正如我也不挽留夕阳。

我的心空着也是空着，

尚且还宁静。

住了你，

我反倒忧愁了起来。

（插画　写给普罗旺斯）

写给普罗旺斯

我走过薰衣草的花田，

花田上的薰衣草未开。

回忆的余香盈地，

我折了静谧的一枝。

午后最寂静的暖阳，

是油画中艳丽的水彩；

那一瓣飘来的云影，

浮动着美极的纤歌。

是暮霭柔柔的晚风，

吹来甜美的薰衣香。

圣寺里晚祷的钟声，

在普罗旺斯的天空回荡。

寻一个古旧的绰影，

在静谧的微光处；

但庄园铜色的墙隅，

依洄着星子哀婉的低语。

萤火在山谷间翩跹，

像星斗点缀在花丛里，

编织一个彩色的梦，

梦迷离今晚的花田。

我走过薰衣草的花田，

花田上的薰衣草已开。

不见来人依稀的绰影，

我捣碎一个无味的欢梦。

有时候

有时候，
我觉得你很孤独。
因你——
总一个人挑水过河。

有时候，
我觉得我也很孤独。
因我——
总一个人撑船过河。

我想寻觅你的芳踪，
却误入了深处的莲池。
嬉闹使我孤独，
总一个人撑船过河。

不堪

究竟希望有无？

这秋叶坠落，

一如年华坠落。

如此寂寥的我，

拾起一片黄叶，

放在软枕下，

做着破损的梦。

我是不是也该零落，

生命既如枯枝，

还这般寂寞地等。

我不堪回想，

你的小手紧扣。

在我年轻时，

也在你年轻时。

猜测

木色的风，

挡住了，

木色的雨。

你挡住了我，

寻你。

真愧，

爱你的路太漫长，

竟走不完。

还有明天的玫瑰，

但爱不爱你，

就看，

醒来的时候

天还黑不黑。

我曾追寻过你

——致 Tagore

我手里握着笔，
想要在书卷和记忆里追寻你。

我去了你居住过的地方，
看了你伏案的书桌——
那陈旧而典雅。
可我觉得可惜的是
你早已带着你的灵魂远去。

我久久追随你的影子，迎着星光，
从日暮跋涉到天明。
我每看到一颗晨星陨落，
就感觉离你越近。

直到这个清晨，

微冷的寒风摇曳着树枝，

你的声音才从遥远的天际传来。

我细细聆听，

仿佛时间跨越了一个世纪。

谜

把幸福拆分，

一半给你，

一半给我。

用心读——

读你，

以及你的言语。

但不懂你——

你的哀婉像一个谜。

把幸福拆分，

一半给你，

一半给我。

用心读——

读我，

以及我的情绪。

我也不懂我——

何以怅惘，何以忧伤。

偶成

莫不是生命的垂老——

使人叹息！

你这一朵精致的霜花，

在冰雪中造就。

今天的你源自昨天。

每一个人都是上天的眷顾，

自然的偶成。

我不想你

每当遥远的夕阳落入地平面
我不想你
我想的只是
梦中一朵熟睡的清荷
只会在星芒的月下悄然绽放

每当遥远的夕阳落入地平面
我不恋你
我爱恋的只是
比眼眸更纯澈的
北国千里冰封的雪景

每当遥远的夕阳落入地平面
我不再熟记你的名字
我今后默念的只会是
那些美好的诗篇

以及美好诗篇里最动人的字眼

可我心里还会有你

莫名地，偶然地记起

像这样静静地

即是在最寂寥的夜里

也惊不起我心湖半轮的涟漪

月光

已经多久没见着
你的月色！
是我太忙了，
总躲在一个人的木屋里。
树林，小径，湖泊，
一个比一个
更幽静的地方，
无及流连。
然而，今夜我来了，
像趁虚而入。
宿鸟惊了风，
留下苍茫的身影，
在群树之间。
天和水交融，
月儿碎了一池。
我走，并且思忖，
如何来得悠然点，
做一个不惊鸿的人。

微的光

夜里，

一点两点寂寞的光

凌乱地舞动。

在竹林里，

花楸树下，

也在一些无名花里。

一点两点寂寞的光，

一群两群寂寞的光。

在山谷间晃动，摇曳。

一片微光围绕着我。

我仿佛看着星子，

枕着星云，

慢慢地熟睡。

梦里，

又一点两点微光，

在天上慢慢游动。

像河马，像大象。

附　录

身为“词工豆蔻”，当是极其美满

有些人认为，身在一个完全娱乐的社会，谈及诗书不见得是一件光荣的事情。应当谈长岛冰茶和鸡尾酒，应当谈红光绿影和海报、民谣、旅行，因为这是当下大部分朋友所热衷的。谈及诗书，谈及修养，似乎成了一个曲高和寡的话题。身在“高处”，与别人交谈时，我时常感到寒冷。然而这寒冷是短暂的，而寒冷后的读书的温和却是持久的。

谈及读书，我会想起很多人，想起钱锺书，想起杨绛，想起雅舍的林语堂，想起朱自清、周作人和胡适等等，从他们那里感到了熟读诗书的宁静。书读多了，人的性格也会变得平静，富于想象，且思路清晰。这是读书的好处。想起杨绛对她父亲说：“一星期不读书，一星期都白活。”不能不说，这是一个嗜好读书的人。而热爱读书的人往往都会很固执，不但对书固执，对书之外也固执。这也是我的一些体悟。而我认为，人有些时候还是识趣一点、理性一点为好，不必事事都完全倔强。读书像吸毒，久了会沉迷，虽说沉迷才能成为一种境界，但也不是说沉迷了就会有境界。

从前看到美丽的辞章，总是极其羡慕，羡慕那人如何能写出这般不同寻常的东西。小小的时候读到“柴门闻犬吠，风雪夜归人”，迷迷糊糊地想象着下雪的样子。而像我这些未身临其境见过雪的人，对雪的最好的印象兴许都是来自书上短短而又精致的唐诗宋词。

红豆生南国，春来发几枝。
愿君多采撷，此物最相思。

王维的诗倒学过不少，但这首诗当时却不给学，因为是学生，不能谈及“相思”。读到这首诗的时候，都已经过了初恋的年龄。

在宋词元曲以及明清小说戏剧里，李煜、刘永、苏轼、李清照、王实甫和纳兰性德等，一个又一个词牌名美丽极了，一首又一首词令总是萦绕心头。“寂寞梧桐深院锁清秋”“一往情深深几许？深山夕照深秋雨”，一个“深”字，古往今来不知修饰了多少动人的辞章。

你站在桥上看风景，
看风景的人在楼上看你，
明月装饰了你的窗子，
你装饰了别人的梦。

还有，

我挥一挥衣袖，
不带走一片云彩。

美丽的诗句似曾相识，又浑然不识。钱锺书先生和杨绛先生是文人夫妻的楷模，而沈祖棻和程千帆“昔时赵李今程沈”的佳话你又可否知晓！

我是轻轻悄悄的到来，像水面漂来一叶浮萍。
我又轻轻悄悄的离开，像林中吹过一阵轻风。
你爱想起我就想起我，像想起一颗夏夜的星。
你爱忘了我就忘了我，像忘了一个春天的梦。

岂能忘了这美好的事物，忘了传神的动词！

读书和写作，既像解药又像毒药，是自救还是自戕，全看个人的化学反应。

读一点书，你的心会平静一点；读多一点书，你的心会更平静一点；读很多书，你做人也会幸福一点。

每当回望起读书的来路，都甚觉幸运。我是热爱读书的那个人，经历过不同的经纬度，也经历过不同的海拔，见过不同的风景，然而没有缺氧。最后，我的心是一条小小的船，白天太平洋，夜晚大西洋，越过了赤道和本初子午线，在格林尼治聆听时光廊的钟声。身为“词工豆蔻”，当是极其美满！

理应如此，实为如此！

光阴像从前一样消瘦

三年一梦，转眼成秋！

行将离别，却又没有离别的感觉。倒是在一年以前，心里就琢磨着：要早早做好心理准备，不至于离去时茫然无措！现在即将毕业了，心却很坦然，只是回望起来路的时候，曾经的风里雨里反而更真切了，让人对生活更加虔诚。

自进入了中文系，翻开第一本书，就有预感，此后几年都会徜徉在曼妙的书海中，而这正是我所希冀的。沿着自己的感觉，学习自己想掌握的知识，这是我对自己的要求。还记得第一个冬季，在南方无尽温柔的暖阳里，坐在冰冷的石凳上，翻开徐志摩的诗集，一遍又一遍，一首又一首轻声朗读。微冷的东风吹在这座小城里，使人起了鸡皮疙瘩却又备感清爽。彼时，同学们在室内听着先生们讲说这门那门课。也是在那个时候，我依稀感觉到，有时候课外比课内更加精彩。

基于受到怡人的景色的熏陶，及我所热爱的诗人作者的感染，那时我偶尔也会模仿写写小诗，虽然写得不高明，但总算是有了一个不错的尝试。

在上大学以前，我就非常喜欢智利诗人聂鲁达，但对他的了解只限于他的名诗《我喜欢你是寂静的》，在此之前我曾把这首诗奉为信仰。上了大学以后，有足够多的时间去查阅资料，对他的了解也就更全面。他柔情而坚韧。一边写着温柔的情诗，一边为理想参加革命。当我读到他的《似水流年》里“当华美的叶片落尽，生命的脉络才历历可见”时，深深为他的才气所折服，这话似乎印证了每一个人的宿命，平凡却又伟大。

那年的十二月，我在课堂上写了一首小诗——《写给普罗旺斯》，这是我的第一首颇为得意的“佳作”。那个站在球场边、在暖阳和阴影间徘徊改诗的情景依旧历历在目：

午后最寂静的暖阳，
是油画中艳丽的水彩；
那一瓣飘来的云影，
浮动着美极的纤歌。

而在此后的几天里我都在对这首诗进行修改。当一年后我再重读这首小诗时，依旧对其中个别字眼感到不甚满意，但却又无法再下笔去修改。

一次，走在幽暗的校道上，年长两级的同乡的师姐说，恍恍惚惚上了两年课，其实课上学到的知识并不多，但课下你可以做许多有乐趣的事情。她的言语里有一丝无奈，可能是因为光阴匆匆消逝让她感慨，又或许是因为她刚失恋了，因此对生活有所介怀。但彼时我对她的话却不以为然，我深信自己是喜欢读书的，因此也愿相信在课堂上认真学习会有许多收获。然而不久后我的这点坚持就破碎了。

让我感到庆幸的是，在上完课后，我坚持去看喜欢的书，并加以揣摩。然而这期间也有不少磕磕碰碰。最初很多书都看不懂，要重复看几次，才有一点点的感觉。后来我把这些点点滴滴的感觉不断积累，不断放大，才找到了一种属于自己的感觉，一个属于自己的方向。“一千个读者有一千个哈姆雷特”，在读书这个事情上，不要相信别人，要相信自己，自己的感觉才是最真的。只有找到自己的感觉，才能说读书使个人受益了。这是我读书的经验。

为着一个朦胧而美丽的梦想，我学了文科。第一年在适应新的生活，然而第一年也受益颇多。新的事物，新的感觉让我意识到新的生活像一幅画卷正在慢慢铺展开来。

第一年在海滨校区，第二年回了主校。此后很少再回海滨校区。前几天在主校碰到海滨校区的 HM 老师，他说过来开会。老师一脸胡楂子，微微蓬乱的头发看起来很有艺术气息，也更风霜。

而今想来，似乎就在昨天，似乎又很遥远，在海滨校区的日子还真是纯真。

等你，在雨中

等你，在雨中，在造虹的雨中
蝉声沉落，蛙声升起
一池的红莲如红焰，在雨中……

狂热地喜欢着余老的诗还是在今年暑假。

而在此之前，我已热衷于诗歌写作，热爱着徐志摩和戴望舒等“五四”后的诗人名家。但读多读久了，就再也读不出一些新的体悟，因此非常渴望看到一些新的作品。后来，有机会买了余光中先生的诗歌集《余光中诗精选》。初读余老的这本书，就喜欢其中的一些篇目，心想：他如何能写出这么美妙的诗句！一边看书一边暗自责备自己从前的无知，从小就耳闻目染余老的诗名，但却知之甚少。虽然此前也零散读过一些余老的诗，但都是囫囵吞枣，并没有耐心地去细咀慢嚼。当我买了余老的书，细细读余老的诗《等你，在雨中》时，就像一个失明之人某一天眼睛突然好转了，睁开眼睛看到异彩纷呈的花开花谢，心里极其感动。

尔后我开始经常读余老的诗，写作的风格手法受其影响也愈深。

今年暑假，因为要复习和写作，我就把整个暑假的时间留在了家里。我常坐在阳台上，读着各个诗人名家的作品，一边读一边思想，而低声朗读好的作品总是能带给人可贵的写作灵感。这期间，余老的《余光中诗精选》就是我经常看的书目之一。因为看余老的诗看得多，因而对余老的诗文的理解也更加深刻，并且疯狂地喜欢着余老的诗文。在家的两个月，除开做笔记、复习之外，我也写了不少的诗歌作品，譬如《月光书》，就是看了余老的诗《杏灯书》后有感而写，后来回校写的《枕边书》，也是受到这首诗的影响。

读洛夫、痖弦的诗，往往会给人眼前一亮的感觉，让人心里一震，情感上抑扬顿挫，不禁想怎么还能这样巧妙地写诗！而读余老的诗就会显得平淡很多，得慢慢去读，但越读越有味道，越读境界越加悠远，就像饮尽了一杯浓茶后不断回甘。当我把余老的诗《小褐斑》拿给朋友看时，朋友说：“余光中的诗我倒很少看，但听说很有诗意。”确实，“诗意”两个字很适合余老的诗。

当下的人读余老的诗，难免会感到有些生硬，毕竟不在同一个时代，遣词造句、用字习惯与当下都不尽相同。但余老的诗从不晦涩，读起来非常通俗，易于理解，富有传统文人高洁儒雅的情怀。而这，正是余老的诗文所特有的味道。余老的诗作不传神吗？相反，余老写诗非常擅于运用技巧，往往能出人意料。就个人喜好，除了大家所熟知的《乡愁》《等你，在雨中》，我还喜欢着余老的诗《小褐斑》《风铃》《昙花》《贴耳书》《真空的感觉》《红叶》等，在这些诗中，可以很明显感觉到余老写诗纯熟的技巧和浪漫的风格。

在诗歌《小褐斑》里，是这样开头的：

> 如果有两个情人一样美一样可怜
>
> 让我选有雀斑的那一个
>
> 迷人全在那么一点点
>
> 你便是我的初选与末选，小褐斑

按理说脸上有着小小的褐斑，不见得是一件好事，但在余老眼里却不然。女生脸上有着小小的褐斑，竟成了一件美好的事情。这不禁让人想到：有一个人在爱着你，爱着你的独一无二，爱着你的脸上小小的褐斑。读这首诗，透过“褐斑”这个细小的事物，让人感到非常温暖，好像情人在四目相对，彼此在看对方的眼睛、脸庞，无比缱绻情深。

中间还写了“传说，天上有一颗星管你脸上那汗斑，信不信由你”，“只求你，不要笑，笑得不要太厉害”，“靥里看你看得人眼花，凡美妙的，听我说，都该有印痕，月光一满轮也不例外”。

而末尾又重复使用了先前的“不要笑”，用来加重情感和语言的韵律，用“耳环”来比作“你的笑声”，“你的笑声”像“耳环”在轻轻摇荡，“我的心”也跟着轻轻摇荡，化虚为实：

> 不要，啊不要笑得太厉害
> 我的心不是耳环，我的心
> 经不起你的笑声
> 荡过去，又荡过来……

在《风铃》里，“我的心是七层塔檐上悬挂的风铃，叮咛叮咛咛，此起彼伏，敲叩着一个人的名字”；在《真空的感觉》里，“很想回去，躺在你乳间的象牙谷底，睡一个呼吸着安全感的千年的小寐”；在《红叶》里，“红叶”的形状形同台湾岛，把台湾岛比作红叶，“缩地千里有仙术，基隆三寸到屏东，望不尽青烟蓝水，宛若在其中”，等等。

总而言之，余老写诗的技巧是高超的，而且诗风很浪漫！

同时期的洛夫、痖弦、纪弦、周梦蝶等台湾诗人或多或少都继承了民国新文学的传统，“五四”后的白话诗以另一种新的形式在他们中间传承，在他们的诗中仍可以看到传统文化的影子。与他们相比，传统文化在余老的诗文中体现得更加明显，更加丰富。余老具有传统的知识分子的熟读诗书的优雅情操！余老的诗像南山下的菊花，淡然自在，悠然高洁。其诗如此，其人也如此！

除此之外，余老有着浓烈的民族情怀，他深深眷恋着长江黄河，眷恋着神州大地这块古老的土地。当读到“小时候 / 乡愁是一枚小小的邮票”时，谁能不想起这位思乡情切而在水一方的老人！

很早以前就萌生了日后要去台湾拜访余老的念头，也想去拜访洛夫、痖弦等我所热爱的名家，只是洛夫、痖弦都已定居加拿大，唯有余老一直留在岛上。前阵子台湾中山大学为余老庆祝九十岁生辰，透过照片看到余老消瘦的身躯，我心里无限感慨，余老确实也老了。不久前余老开通了微头条，定时更新，我很是惊喜。有幸的是在感恩节活动中，收到了余老团队的赠书。我以为书上会有余老的签名，书寄到了翻开来看才知道原来不是亲笔签名，而是印刷签名。当时我有点失落，心里想着，如果日后有幸拜会余老，定要向余老要一本亲笔签名的作品。而这是我的很纯真的一点愿望！

同为写诗之人，同样深深爱着中国的传统文化，我常常以余老为良师益友，以那些为追求生命意义和理想而勤劳写作的老一辈的作家们为榜样。而每当我有所惶惑，就会想起余老及我所热爱的诗人作家们，他们始终如天上的星星，一直在心底鼓励着我。经过了长时间的写作，我的第一本书也行将出版。虽然与余老等前辈素未相识，也未曾谋面，而师徒的情分早已在心里默默萌芽，化作了书写的动力。

当中华的华灯升起时，会不会有人偶然记起那位诗苑里的守夜人！

在雨中，

步雨后的红莲，翩翩，你走来

像一首小令

从一则爱情的典故里你走来

从姜白石的词里，有韵地，你走来……

谨以此怀念亲爱的余光中先生

二○一七年十二月十四日　晚